6·06

Daniel's Ride
El Paseo de Daniel

Michael P.

Illustrated by/ Ilustrado por

Lee Ballard

First Gasp San Francisco

Publisher's Cataloging-in-Publication

Perry, Michael, 1966-
        Daniel's ride bilingual edition / written by Michael Perry ;
        illustrated by Lee Ballard. -- 1st ed.
         p. cm.
         SUMMARY: Daniel's big brother Hector owned a 1963
        Chevrolet Impala convertible, complete with spider
        hydraulics and gold wire wheels--a classic low rider.
        Riding around with Hector was one of Daniel's favorite
        things to do. When Hector promises to give Daniel the
        car for graduating from high school, Daniel resolves to
        do just that so that one day he can give Hector a ride
        to remember.
         ISBN 0-86719-641-6

         1. Lowriders--Juvenile fiction. 2. Impala automobile
        --Juvenile fiction. 3. Education--Juvenile fiction.
        I. Ballard, Lee. II. Title.

         PZ7.P4355Da 2005   [Fic]

         FIRSTIMPRESSION 10 9 8 7 6 5 4 3 2 1

Michael Perry lives in San Francisco, California, with is wife, Gloria, and their two daughters, Christina & Miranda. When not writing stories for children's books, Michael can be found...
sittin' on the dock of the bay, watching the tide roll away. Just sittin' on the dock of the bay wasting time.

Lee Ballard grew up in Los Angeles and currently resides in Petaluma, California. In a recent interview, Lee was asked his philosophy on fine art.
He replied... *"all - my - friends know the low rider. The low - rid - er, is a little higher."*

For my wife, Gloria, and my daughters, Christina and Miranda.
Para mi esposa, Gloria, y mis hijas, Christina y Miranda.
-MP

For my wife, and my children, Vivian & Dean.
Para mi esposa, y mis niños, Vivian y Dean.
-LB

Today my big brother, Hector, promised to take me cruisin' in his low rider. Hector drives a convertible '63 Impala, complete with spider hydraulics and gold wire wheels. He only drives it on weekends during the summer, and since today is the first day of summer vacation, he promised I would get the first ride.

Hoy Héctor, mi hermano mayor, prometió llevarme a pasear en su coche low rider o como los llamamos en español: de onda bajita. Héctor tiene un coche Impala convertible del año 63, con todo y su sistema hidráulico spider y sus rines cromados. Él sólo lo maneja los fines de semana de verano y como hoy es el primer día de las vacaciones de verano, él prometió llevarme a dar mi primer paseo.

JUNIO / JUNE

DOMINGO SUNDAY	LUNES MONDAY	MARTES TUESDAY	MIERCOLES WEDNESDAY	JUEVES THURSDAY	VIERNES FRIDAY	SABADO SATURDAY
					1 San Justino	**2** San Marcelino
3 Santa Clotilde Pentecostés ○ Luna Nueva 21 New Moon 21st.	**4** San Rutilo ☾ C. Creciente 28 First Quarter 28th.	**5** Santa Valeria ○ Luna Llena 6 Full Moon 6th.	**6** San Norberto ☽ C. Menguante 14. Last Quarter 14th.	**7** San Roberto Trinidad	**8** San Maximino	**9** San Feliciano
10 San Cirilo D. de Corpus Día del Padre Father's Day	**11** San Bernabé	**12** San Nazario	**13** San Antonio de Padua	**14** Corpus Christi Flag Day	**15** San Modesto	**16** San Ciro
17	**18** Santa Paula	**19** Santa Juliana	**20** San Silverio	**21** San Luis Gonzaga Verano/Summer	**22** San Paulino	**23** Santa Alicia
24	**25**	**26** Nuestra Sra. del Perpetuo Socorro	**27**	**28**	**29** Santos Pedro y Pablo	**30** Santa L...

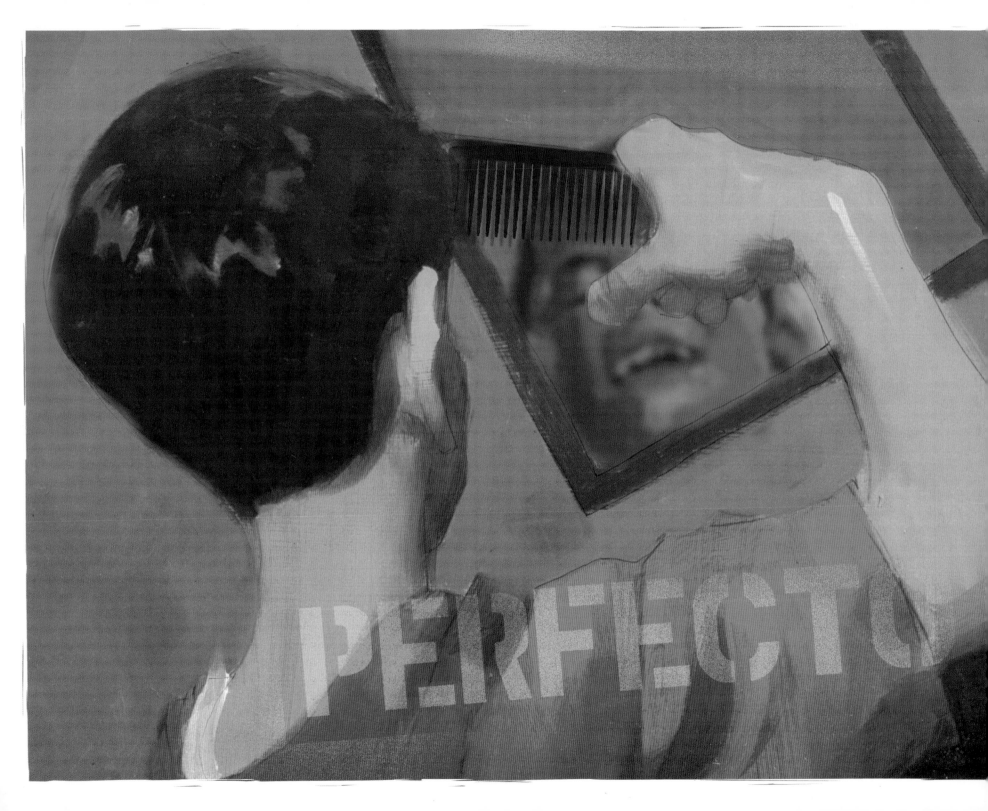

PERFECTO

"Daniel, come to eat!" Mom wants me to eat breakfast,
but I can't eat right now; Hector will be here soon.
I better comb my hair!
  "Daniel, today! your food is getting cold!" hollered my mother.
  "Okay, I'm coming!" Just a bit more gel, there, perfecto.

  "¡Daniel, ven a comer!" mamá quiere que me desayune,
pero ahora no puedo comer; Héctor llegará pronto. ¡Será
mejor que me peine!
  "Daniel, ahora, ¡tu comida se está enfriando!" gritó mi madre.
  "¡Está bien, ya voy!" sólo un poco mas de gel, ahí está, perfecto.

  I ran down the stairs and into the kitchen.
"Good morning, Mom and Papi," I said with a smile.
  "Buenos Dias," my mother replied.
  "Good-looking hairdo mi'jo,"
said my father with a wink.
  "Now sit down and eat!"
they both said at the same time.

  Bajé corriendo las escaleras y entré a la cocina.
"Buenos días, Mami y Papi," dije con una sonrisa.
  "Buenos Días," contestó mi madre.
  "¡Bonito peinado mi'jo"
dijo mi papá guiñando el ojo.
  "¡Ahora siéntate y come!"
dijeron los dos al mismo tiempo.

Just as I finished eating, I heard a monstrous roar coming down the block. The windows on the house shook. The silverware and dishes rattled. The floor vibrated heavily. **BOOM, BOOM-BOOM!**
"EARTHQUAKE!" screamed my father.
"NO!" I shouted, "HECTOR'S HERE!"

Justo cuando terminaba de comer, escuché un rugido monstruoso al final de la calle. Las ventanas de la casa comenzaron a vibrar. Los cubiertos y los platos tintineaban. El piso vibraba pesadamente. **¡BOOM, BOOM-BOOM!**
" ¡ESTA TEMBLANDO!" gritó mi padre.
"NO!" grité yo, "¡YA LLEGÓ HÉCTOR!"

I ran to the front window. Hector was pulling into the driveway. I threw open the front door and ran out of the house. Hector got out of the car and we greeted each other with a big hug and a firm handshake. "Wow, what a grip! Have you been working out?" teased Hector. Then he messed up my hair.

Corrí hacia la ventana de enfrente. Héctor estaba entrando a la cochera. Aventé la puerta al abrir y salí corriendo de mi casa. Héctor se bajó del coche y nos saludamos con un gran abrazo y un firme apretón de manos. "¡Guau, que fuerte apretón!, ¿a poco has estado haciendo ejercicio?" se burló Héctor. Después me revolvió el cabello.

A crowd began to gather around Hector's ride.

"What kind of car is that?" asked the little girl from across the street.

Hector got down on one knee, pointed to his car and said, "That, my little sister, is a convertible 1963 Impala. Do you like it?"

"Yes, it's a pretty color," the little girl replied.

Hector smiled, "Thanks, it's candy root beer brown with a peanut butter top. Do you like peanut butter?"

"Yes," she giggled.

Una multitud comenzó a reunirse alrededor del coche de Héctor.

"¿Qué clase de coche es este?" preguntó la niñita que vive en frente.

Héctor se hincó sobre una rodilla, señaló a su coche y dijo, "Eso, mi hermanita, es un Impala convertible del 63. ¿Te gusta?"

"Sí, tiene un bonito color," respondió la niñita.

Héctor sonrió "Gracias, es color café como la cerveza de raíz dulce con techo color crema de cacahuate." ¿Te gusta la crema de cacahuate?

"Sí," dijo riéndose.

In a few minutes, Hector was ready to roll.

"Let's get going Daniel," he said eagerly. I opened the passenger side door and hopped in. Hector joined me. We both buckled our seatbelts at the same time, like some kind of crime fighting duo. We high–fived each other, then Hector started the engine.

"Pretty comfortable," I said, sinking into the beige leather interior. I sniffed the air, "It smells good, too."

"All old Chevys smell good," explained Hector.

"That's not true," I said, "Papi has an old Chevy pick-up truck, and it smells like feet!" Hector laughed so hard, he had to pull over for a moment.

"That's so funny Daniel, but don't repeat that to Papi."

Después de un par de minutos Héctor estaba listo para salir.

"Vámonos Daniel," dijo ansioso. Yo abrí la puerta del lado del pasajero y brinqué adentro. Héctor me alcanzó. Los dos nos abrochamos los cinturones al mismo tiempo, como si fuéramos uno de esos dúos que luchan contra el crimen. Nos dimos cinco y después Héctor arrancó el motor.

"Muy cómodo," dije, hundiéndome en los interiores de piel color beige. Olí el aire, "También huele bien"

"Todos los Chevys clásicos huelen bien," explicó Héctor.

"Eso no es cierto," dije, "Papi tiene una camioneta pick-up Chevy vieja ¡y huele a pies!" Héctor se rió tan fuerte que tuvo que detener el coche un momento.

"Eso es muy chistoso Daniel, pero no se lo digas a Papi"

Hector pushed a button on the dashboard. Up and back lifted the convertible top.

"Hey, Hector, turn up the beat." Hector pumped up the volume, then tapped his fingers on top of the dashboard as if playing an imaginary keyboard.

"Go, Hector!" I shouted, snapping my fingers to the rhythm.

Héctor oprimió un botón del tablero. La capota se levantó y dobló hacia atrás.

"Oye Héctor, ponle ritmo" Héctor le subió al volumen del radio, después comenzó a teclear con sus dedos en el tablero sobre un piano imaginario.

"¡Eso es, Héctor!" Grité, chasqueando los dedos al ritmo de la música.

Everyone pointed when Hector's ride hit the boulevard. A lady holding a camera took a picture of the car as we paraded by.

"I can't disappoint my public," said Hector as he reached for the hydraulic switches on the dashboard, and with a simple flick of the wrist, the Impala transformed into a funky barrio carnival ride, **_front...back ...side to side._**

"AWESOME!" I screamed uncontrollably, as the motion of the car shifted.

Todos señalaban cuando el coche de Héctor pasaba por el boulevard. Una mujer con una cámara tomó una foto del coche cuando desfilamos frente a ella.

"No puedo decepcionar a mi público," dijo Héctor mientras tocaba los interruptores del sistema hidráulico en el tablero, y con una simple vuelta de la muñeca el Impala se convirtió en la más prendida atracción de parque de diversiones del barrio, moviéndose para **_adelante...para atrás ...de un lado para el otro._**

"¡VIENTOS!" grité sin control mientras el coche pasaba de un movimiento a otro.

The smell of barbecue filled the air as we neared the park. Families were out enjoying the summer weather. Children packed the playgrounds and hoop courts.

"HEY, THERE'S MY BOYS!" I yelled, pointing to a group of kids from my school.

"YO DANIEL, WUZ' UP!" they shouted from the basketball court. A smile stretched across my face. Next semester I'm gonna' be the coolest kid in school, I thought to myself.

Cuando nos acercábamos al parque el aire se llenó de olor de parrillada. Las familias habían salido a disfrutar del clima veraniego. Los niños llenaban los juegos del parque y la feria.

"¡OYE, AHI ESTÁN MIS AMIGOS!" Grité señalando a un grupo de niños de mi escuela.

"¡HOLA DANIEL, QUÉ ONDA!" Gritaron desde la cancha de básquetbol. Una sonrisa se formó en mi cara. El próximo semestre seré el más popular de la escuela, pensé.

Next, we hit the beach. There were lots of cool cars cruisin' up and down the main strip in front of the scorching sand. Another low rider pulled beside us.

"Hold on, Daniel," whispered Hector, as he slowly reached for the hydraulic switch.

Out of nowhere a deep voice hollered, "GO!"

Después fuimos a la playa. Había un montón de coches padrísimos paseando de ida y de venida sobre la calle principal que pasa frente a la ardiente arena. Otro coche achaparrado se paró junto a nosotros.

"Aguanta Daniel," susurró Héctor mientras lentamente alcanzaba los interruptores del sistema hidráulico. De pronto una profunda voz se dejó oír gritando, "¡AHORA!"

Hector, quick to the switch, flicked back and forth repeatedly. The front of the car started bouncing, up and down, up and down, higher and higher each time, until the tires were hoppin' off the ground. We hopped so high, I couldn't see the other car anymore.

Héctor, ágil en el manejo de los controles, movía el interruptor de un lado a otro rápida y repetidamente. La parte de enfrente del coche comenzó a rebotar arriba y abajo, arriba y abajo, alto y cada vez más alto, hasta que las llantas daban saltos sobre el pavimento. Saltamos tan alto que yo ya no podía ver al otro coche.

The beach was tight, but we moved on.

Hector asked, "Where to now, little brother?"

I thought about it for a second, then shouted, "I know, I heard Papi tell Mom that Diego was painting downtown!"

"Well then," said Hector, "let's go check it out."

La playa estaba padrísima, pero logramos avanzar.

Héctor preguntó, "¿Ahora a dónde quieres ir, hermanito?"

Lo pensé por un segundo, después grité, "¡Ya sé, escuché a Papi decir a Mamá que Diego estaba pintando en el centro de la ciudad!"

"Bueno, entonces..." dijo Héctor, "...Vamos a verlo."

Diego is our cousin. He is one of those artists who paints murals on the sides of buildings and grocery stores. Sometimes he paints simple shapes and images using wild colors, but today he has painted a cool scene from Mexican History.

"Well, what do you think guys?" asked Diego, paint spattered on his face.

"It looks great cousin," said Hector, nodding his head yes.

"Yea, it's a masterpiece!" I agreed.

"Yes, you're right Daniel, it is a masterpiece!" he shouted, then threw his hands in the air victoriously. I like Diego because even though he is an adult, he still has fun like a kid.

Diego es nuestro primo. El es uno de esos artistas que pintan murales en los costados de los edificios y las tiendas de abarrotes. A veces el pinta figuras simples e imágenes usando colores brillantes, pero hoy ha pintado una escena padrísima de la historia de México.

"Y bien, ¿qué piensan chicos?" preguntó Diego, con la cara manchada de pintura.

"Se ve genial primo," dijo Héctor, asintiendo con la cabeza.

"Sí, ¡es una obra maestra!" coincidí.

"Sí, tienes razón Daniel, ¡es una obra maestra!" gritó Diego, después levantó sus manos victoriosamente. Me cae bien Diego porque aunque es un adulto, todavía se divierte como un niño.

We hung out with Diego for a while, and then we headed back on the open road.

"Where are we going now?" I asked.

"I know the perfect place," said Hector with a smile, "There are lots of toys, games and books, but best of all there are always people around."

"We're going to the mall?" I yelled.

"No, man, we're going home," he said.

"Hey, no fair, you tricked me!" I shouted.

Nos quedamos un rato con Diego, después regresamos a pasear por las calles.

"¿Ahora a dónde vamos?" pregunté.

"Conozco un lugar perfecto," dijo Héctor sonriendo, "Ahí hay muchos jugetes, juegos y libros, pero lo mejor es que siempre hay gente alrededor."

"¿Vamos al centro comercial?" grité.

"No, hombre, vamos a casa," dijo él.

"Oye, no es justo, ¡me hiciste trampa!" grité.

"Let's just cruise around the neighborhood a while longer," I asked.

"Some other time little man," said Hector, as he pulled into our parents' driveway.

"Then can I at least sit in the driver's seat and pretend?" I begged.

My brother turned a look on me. "You really love this car, don't you Daniel?" he asked.

"Yea, more than anything," I voiced honestly.

"Well then, I'll make you a deal," uttered Hector with a gleam in his eye. "You graduate from high school, with plans of going to college, and the car is yours."

I paused in disbelief, "You mean -- this is my ride?" I asked, wide-eyed.

"That's right!" he said, "This is Daniel's ride!"

"Vamos a seguir paseando por el barrio un rato más," le pedí.

"Otro día hombrecito", dijo Héctor, mientras subía a la cochera de la casa de nuestros padres.

"Entonces ¿puedo por lo menos sentarme al volante y hacer como que manejo?" rogué.

Mi hermano volteó y me miró. "¿A ti realmente te gusta este coche, verdad Daniel?" me preguntó.

"Sí, más que nada en el mundo" dije honestamente.

"Bueno, entonces te propongo un trato" dijo Héctor con un brillo especial en su cara. "Si te gradúas de la preparatoria, con planes para ir a la universidad, este coche es tuyo."

Hice una pausa pues no lo podía creer, "¿quieres decir que este coche es mío?" pregunté con los ojos bien abiertos.

"¡Así es!" dijo él, "¡Este es el coche de Daniel!"

I threw open the front door and ran into the house.

"Hi Mom, hi Papi!" I shouted, as I rushed up the stairs and into my bedroom. I grabbed my marker and crossed out today's date on my calendar. then I counted on my fingers the grades I still had to go until graduation.

"What? You mean I have to wait nine years!" I said out loud, "Man, that's way too long!" Then something made me stop and think. About Hector. And about things I wanted to do, about some places I wanted to go, about dreams and stuff. Then I knew what I had to do. And I said to myself, louder this time, "I can do it! I can do anything if I set my mind to it. I'll graduate from high school, and I'll go to college, and someday, just wait and see, I'll give Hector a ride to remember!"

Abrí la puerta de la casa y entre corriendo

"¡Hola Mami, hola Papi!" grité mientras me apuraba a subir las escaleras para ir a mi habitación. Tomé un plumón y marqué la fecha de hoy en mi calendario. Después conté con mis dedos los años escolares que me faltaban para graduarme.

"¿Qué? ¡Me estás diciendo que tengo que esperar nueve años!" grité, "¡Eso es un buen de tiempo!" Pero algo me hizo callar y pensar. Algo sobre Héctor. Y sobre las cosas que yo quería hacer, sobre los lugares que quería visitar, sobre los sueños y el resto. Entonces supe qué era lo que tenía que hacer. Y me dije, fuerte esta vez, "¡Claro que puedo!, yo puedo hacer cualquier cosa siempre que me lo proponga. Me voy a graduar de la preparatoria y voy a ir a la universidad y algún día, van a ver, ¡le voy a dar a Héctor un paseo que siempre recordará!"

AUTHOR'S NOTES

Never let anyone tell you your dreams and ambitions are a waste of time. Only you have the power to choose your future. Create goals for yourself, accomplish those goals, and create new ones. Hard work and dedication are key to realizing ultimate success and satisfaction in any pursuit. Never lose hope. Never give up.

The power of determination comes from within you. You choose.

NOTAS DEL AUTOR

Nunca permitas que nadie te diga que tus sueños y ambiciones son una perdida de tiempo. Solo tú tienes el poder de elegir tu futuro. Imponte retos, alcánzalos y créate nuevos retos. El trabajo duro y la dedicación son la clave para alcanzar el máximo éxito y la satisfacción en cualquier tarea. Nunca pierdas la fe. Nunca te rindas.

El poder de la determinación está dentro de ti. Tú eliges.